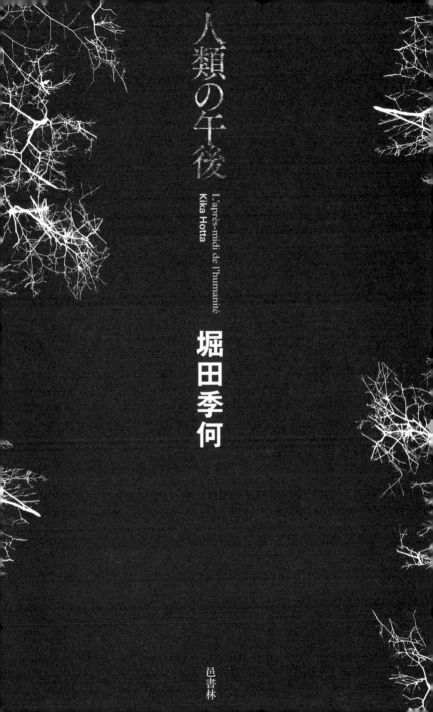

人類の午後

L'après-midi de l'humanité

Kika Hotta

堀田季何

邑書林

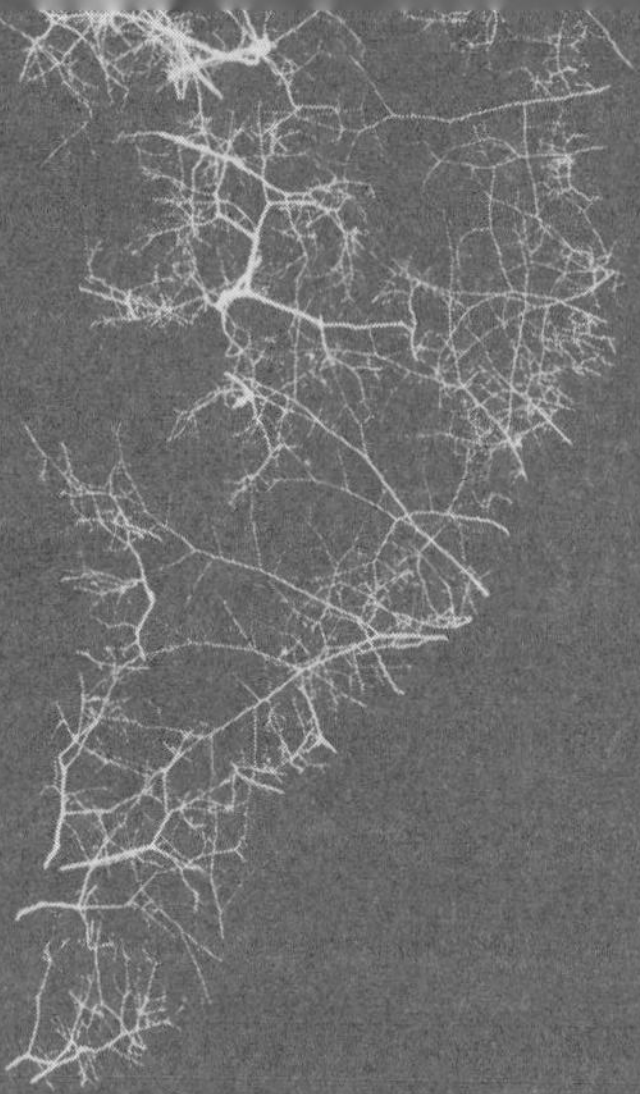

人類の午後　目次

人類の午後

前奏

リアリティとは、「ナチは私たち自身のやうに人間である」といふことだ。
（ハンナ・アーレント）

一九三八年一一月九日深夜

水晶の夜映寫機は砕けたか

息白く唄ふガス室までの距離

戦争は畜類がするにふさはしい仕事だ。しかもどんな畜類も人間ほど戦争をするものはない。（トマス・モア）

和平より平和たふとし春遲遲と

戦争と戦争の間の朧かな

熒《けい》熒《けい》と蒲《ほ》公《こう》英《えい》あり地雷原
判然と虻の翅音や避難壕
麦藁の敷詰められて尋問室

片陰にゐて處刑臺より見らる
塀一面彈痕血痕灼けてをり
ミサイル來る夕燒なれば美しき

ひとりでに地雷爆ぜたる夜の秋

鳥渡るなり戦場のあかるさへ

豊年や光の兵器設計圖

ひややかに砲塔回るわれに向く

息白く國籍を訊く手には銃

銃聲の一發野霧霽れあがる

少年少女焚火す銃を組立てつつ
ぐちよぐちよにふつとぶからだこぞことし

聖戰にあらず

テロリストFがさいごに喰つた柿

テロリスト順次集合聖樹前

自爆せし直前仔猫撫でてゐし

I

雪が溶けると、犬の糞を見ることになる。（イヌイットの諺）

雪穴を犬跳ねまはる崩しつつ

わがよだれ四半世紀を待たば雪

縄文の焔《ほむら》が雪を食ふところ

風雪の籠る峪間や乾肉噛む

正面を持たぬ要塞雪風巻

摩周湖といふ魔鏡あり雪霏霏と
雪眼鏡割れて一切雪となる
細雪遠まなざしに告知さる

小米雪これは生れぬ子の匂ひ
雪いづれ水に還らむわが骨も

雪女郎、人権なき者。四句

雪女郎冷凍されて保管さる

殴られし痕よりとけて雪女郎

雪女郎融けよ爐心の代《しろ》として

雪女郎融けたる水や犬舐むる

月は犬の遠吠えに辱められることはない。（アメリカ先住民の諺）

語るべし月の怪力亂神を

満月や皆殺されて祀らるる

月にあり吾にもあるや蒼き翳

われに向く月の面《も》いつも死者の顔

月と撃ちあひうる位置や濱を來て

鹽釜に鹽煮られをり月光も

月光に白し吾が手も合鍵も

匙の背に割り錠剤や月時雨

戞戞と貓の爪切る月の雨

うつくしや靜かの海といふうつほ

花といふは櫻の事ながら都而春花をいふ。（芭蕉、服部土芳『白冊子』より）

龜ヶ岡遮光器土偶花待てる

花待つや眉間に力こめすぎず

花どきの反實假想ゆるされよ

千本の櫻搖れ千本解脱

崩落の山炮烙の山櫻

月射せば獣の匂ひ犬櫻

コンピューターも被災資料や里櫻

沈黙に延長記號《フェルマータ》附く夕櫻

地震《なゐ》過ぎて滾滾と湧く櫻かな

迷彩の馬驅けめぐる櫻かな

職場ごと蒸發したる櫻かな

今生の父のかはりの櫻です

夜櫻は一枝一枝を死者の腕

而して夜の櫻は歩きだす

花篝殿上人を鬼しうす

花篝けぶれば海の鳴るごとし

花疲するほどもなし瓦礫道

花の下人々儀式めきにけり

監視カメラに捜すや花の客ひとり

義眼にしか映らぬ兵士花めぐり

花の晝佛には飯《いひ》吾は麵麭

花の樹を抱くどちらが先に死ぬ

花の雨巫女の囈《うは》言《ごと》聽くごとく

天泣ぞこの花降らしたまへるは
花降るや死の灰ほどのしづけさに
憑かれにし落花ありけり飛花のなか

花屑や脛に腓に太腿に

花筏一意専心補陀落へ

Ⅱ

黄金への呪はれた渇望よ、汝、何にか人の心をかり立てないことがあらうか。（ウェルギリウス『アエネーイス』）

暗黒の海辷り來て寶船

寶船すこしはなれて寶舟

寶舟船頭をらず常《とは》に海

どの神も嗤笑してをり寶舟

瓊玉も神も模造品《レプリカ》寶舟

寶船しろがね積むやくがね盡き
懇ろにウラン運び來寶船
寶舟瓦解しぬふと日の射せば

寶船沈めて渦やうすびかる

昔者、荘周夢爲胡蝶。栩栩然胡蝶也。（『荘子』「齊物論」）

エレベーター昇る眞中に蝶浮ける

紋白蝶重し病者の鼻梁には

蝶の胸壓す紙の上から強く

蝶に蝶うちかさなりぬ直角に

うぶすなや墓から墓へ小灰蝶

基地抜けて倭《やまと》の蝶となりにけり

一頭の象一頭の蝶を突く

白蝶を追へりいつしか追はれつつ

白蝶の己が軌跡をなぞるとき

少し持ちこたへて、弾ける。その泡は私だ。（トルストイ『アンナ・カレーニナ』）

シルクハットからしやぼん玉人間大

しやぼん玉あたる人から死ぬといふ

歪みつつしゃぼん玉デモ隊の上

しゃぼん玉ふいてた奴を逮捕しろ

しゃぼん玉水面にとまる圓きまま

幸福とは蝶のやう。（ナサニエル・ホーソーン）

斑　蝶　斑　蛾　斑　蝶　斑

夏　蝶　の　一　翅　破　れ　て　よ　り　美《くは》　し

夏蝶といふ桀達に近きもの

閉館日なれば圖書みな夏蝶に

うち揚げられし魚《いを》へ夏蝶とめどなし

蠅追ひが村の者なら蠅も村の者（レガ族の諺）

蠅打つや自他の區別を失ひて

蠅滅す壁にエプロン擦《こす》りつけ

淫樂となるまで蠅の逃ぐる音

法案可決蠅追つてゐるあひだ

吾よりも高きに蠅や五《こ》六億七《ろ》千萬年《な》後も

一九四一年一二月七日、〈夜と霧〉發令。ナチス・ドイツ占領地全域の政治活動家及びレジスタンス擁護者は、密かに連行され、夜霧のごとく痕跡なく消え去つた。行方不明者の友人や家族に對し、彼らの所在や死に關する一切の情報は與へられなかつた。遺體が埋められてゐる場所などの記録も作られなかつた。現在に至るまで、彼らがどのやうに消されたかは殆ど判明してゐない。

地下通路くぐりふたたび霧の中

霧のなか霧にならねば息できず
喉かわく霧のもつとも濃きところ
霧の奥より聲そして聲の主

機械仕掛之神明滅や霧の中

「クリスマスおめでたう、だつて。なんでお前にめでたくなる権利があるんだい。なんだつてお前がめでたくなきやいけないんだい。お前は貧しいぢやないか」（チャールズ・ディケンズ『クリスマス・キャロル』）

天使よく天使を知るや社會鍋

みな聖樹に吊られてをりぬ羽持てど

陣痛に悶えてマリア聖夜劇

菓子鑄型底凸凹や聖樹の繪

正方形の聖菓四ツ切正方形

聖菓切る時計回りに十二個に

聖菓切りをり労働をよく知る手

敎會に流《る》民《みん》熟《う》寝《まい》や毛布敷き

ホットココア配給一家一杯まづは子に

クリスマス積木を積むは崩すため

Ⅲ

なぜなら前年の言葉は前年の言語に屬し、翌年の言葉は別の聲を待ち受けるからだ。（T・Sエリオット『四つの四重奏』）

殃《まがつひ》の大き無音や去年今年

初富士に死化粧して巨き手は

泛びきて無数の創や初御空

ぐわんじつの防弾ガラスよくはじく

船長の机の上の鏡餅

階段の裏側のぼる夢はじめ

司馬遷の陰部閲して初寝覺

福笑絶望の表情もあれ

ヒロシマナガサキフクシマヱスゴロク

雙六に勝つ夭折のごとく勝つ

といふのも一羽の燕や一日が春をもたらすのではなく、それと同じく、浄福なひと、幸ひなひとを作るものは一日や短時間ではないのである。(アリストテレス『ニコマコス倫理學』第一巻第六章)

落ちてよりかゞやきそむる椿かな

春寒し蘇峰在朝蘆花在野

うすらひのうら魚《うを》形《なり》の紅《こう》うごく

戀猫の首皮下チップ常時稼働

戀の貓板門店を拔けにけり

かなしみの蜂に鏡のすきとほる

蜂死して甘露ひとつぶ抱く形《なり》

失踪の蜂なれば原子爐の中

まつろはぬ蜂まつろはぬ神の手に
とりあへず踏む何の繪かわからねど
繪踏して汝の繪踏を見屆けぬ

汝が夢をはる吾が春の夢のなか
スターリン忌ポスターの下にポスター
つばくろとなり葬列をさかのぼる

淡雪は時間ゆつくり巻戻る

春雪や死者の額《ぬか》から潮《うしほ》の香

春光の眞鹽すこしくロトの妻

啓蟄の蟲や墮天使紛れゐむ

春陰の皿一枚にすべて盛る

涅槃圖のものことごとく死に絶えき

世界貿易センター跡や雪間とも

囀や地表に未だ大氣ある

囀れりわが宍《しし》を喰ひちらかして

吾がからだぴつたりの穴つちのはる
蛇穴を出づ蛇の世を築かんと
蛇穴を出づ己が身を舐めつくし

クローンの舌や巨きくあたたかく
にせものの太陽のぼるあたたかし
陽炎の中にて幼女漏しゐる

根分して草の童を増やしやる

草摘むや線量計を見せ合つて

風よりもひかり瓦礫も鍋も血も

風光る息を止めればなほのこと

引鶴のゆくへしだいに光増す

地球儀のどこも繼目や鶴歸る

つちふるや漂へるもの皆渡來

青き踏み青人艸も踏む巨人

いつまでも革命起きず蝌蚪の國

蚪蚪乾き少しだけ死にさらに死に
野遊の規則は一つ抜ければ死
野に遊ぶみんな仲良く同じ顔

入學のスカート硬し鬢翳る

楷の樹の陰陰とあり深き春

春たけなはにはとりの首刎ねられぬ

銃聲と思ふまで龜鳴きにけり

ポケットに鳴り藥莢や宵の春

春日傘空氣の筒を載せてをり

欠伸してよりうすくなる蜃氣樓

後頭部皮下むず痒しメーデー歌

去年の夏のための家は建てられない。（エチオピアの諺）

こどもの日ガラスケースに並ぶ肉

金魚みな脂乗る水換へたれば

喰ひあうて人語解する金魚かな

ぬばたまの蟻が蟻食む宇宙かな

蟻よりもかるく一匹づつに影

蟻深く容れ芍薬や日を返す

卯月なり影深くして象の皺

薔薇は指すまがふかたなき天心を

噴水や生前生後死前死後

櫻桃や目の昏さ似て異母姉妹

かはほりや芝刈られつつ祖母の家

書きかけの繪葉書遺るハンモック

亂想ののちの亂心螢籠

鍬形蟲我武者羅足搔ピン刺せば

葉の尖へ青大將の舌の尖

大蛇《かがし》まづ塒《とぐろ》緩めぬ巻きなほす

刎ねられし蛇いまだ指咬む力

夏館窓全開や屋根も開く

夏館主の知らぬ部屋の數

枇杷熟す脳のどこかに我がゐて

青梅雨や皆愚かなる脳を載せ

白百合やわが遺傳子のやがて屑

馬降りて驢馬に乗りつぐ雲の峯

夏山の瞬きほどの静止かな

氷水ここがカルデラここが森

かき氷青白赤《トリコロール》や混ぜれば黎《くろ》

冰菓しやぶれ言ふべきことを言へぬとき

へび道を尾より辿るや冰菓なめ

香水《パルファン》を一振り詫びにゆくときは

めつむりて香水なじむ時間あり

繪の中に三つの時間南吹く

星涼し聖母の顔は畫家の妻

チアノーゼ色のペディキュア川床涼
わが柩がらんどうなる涼しさよ
萬緑を疾走す血の乾くまで

はからずも吾がうぶすなの土用浪

家出また檸檬うかべてソーダ水

カウボーイブーツ脱ぎ帰省子や探知機くぐる

夏休下水管路の奥とほし

沼地より少女生えきて夏休

あつまりて緋目高や傷ひらく色

のびのびと手首の創をなめくぢり

夜濯のメイドしづかに脱がしあふ

髪ばかり洗ふとばかになりますよ

天瓜粉こぼして冰期まだ知らず

尿吸つて布襁褓好し汗も吸ふ

ウランよりウンコたのしや夏の草

野良犬の野犬に還る青山河

虹を吐き虹を飲みこむユフラテス

泳ぐなり身ぬちの水を沸かしつつ

月かげはそも日のかげぞわが泳ぐ
月光に盈ちてプールや波うてる
ほほゑんでプールに浮かぶ阿呆われ

西日中ビラに刷られて儂の顔

張りぼてを蹴つて西日に突きあたる

永遠に借りられぬ本蟲干す

表より裏迅く瀧落ちにけり

裏切の水鐵砲を受けて立つ

向日葵や人撃つときは後ろから

手を叩く音聞けば手を叩く夏

風鈴をきいたのかもうおわかれだ

風鈴の音また一人密告さる

鳴くことをやめられぬまま蟬落ちぬ

箱庭は橋落ちてをり岸に人

徹頭徹尾人殺されし夏芝居

生贄をつかひ切つたる旱かな

歴史書に前世の名前青葡萄

黑眼鏡通せばすべて過去のもの

右手過去左手未來熱帯夜

秋風秋雨愁煞人（秋瑾）

左手のかつてにひらく原爆忌

貓轉がり人寝轉がる原爆忌

指に拭く猫の鼻水敗戰日

人糞も化石にならむ敗戰日

金貸して半分戻る花火かな

冒頭に戻る音盤盆踊

都市といふとはに音ある蟲《むし》籠《こ》かな

繃帯のしろたへ解く星月夜

バビロンの法の重さの星流る

地の川の歪對稱の天の川

一生に打つ一億字天の川

文字盤を磨けば銀河遠ざかる

アーリントン國立墓地を穴惑

秋霖の夜汽車にひらく悪書かな

大海は大河拒まず鳥渡る

秋江の底に舟ある流れかな

石の上の水の厚みよ澄みてをり

秋水に洗ふペン先処刑許可

ヒトラーの髭整へし水の秋

一切の磨かれてをり水の秋

乾坤をうつして露や梢頭《うれがしら》

姉は紅葉を妹は山を戀ふ

柞紅葉句集にはさむはみだしぬ

聲《こゑ》低《びく》の囮や沒日煌煌と

村祭盛りあげぬ村八分解け

新酒酌む年收順に座らされ

龜に先越させて秋の道戻る

夭折の作家に息子萬年青の實

自宅警備員驅けだせり稲妻へ

法悦の裸體を曝す秋の暮

小三徳さらに鋭し柿剝けば

芒折る食指《ひとさしゆび》に殺意こめ

檸檬おく監視カメラの正面に
秋ふかく鏡の君と入れかはる
秋深き隣の人が消えました

ジョン・セーリス航海日記

死の日まで航海日記雁渡る

冬の月よりも迷へる（アラブの諺）

人間を乗り継いでゆく神の旅

神還るいたるところに人柱

影武者に影偸《ぬす》まれし日向ぼこ

冬虹の足に透けてや白《しら》樺《かんば》

冬の水に浄むる五體鼻孔まで

死を語る貂の毛皮を頭に被り

海豹《あざらし》の毛皮夜な夜な哭くと云ふ

ロシア極東最東部の先住民族

毛皮着て毛皮に寝るやユピクの子

狼としてわが乳房吸はせたる

狗に堕ちたり狼の蕩兒われ

糊要らぬ切手あはれや蒼鷹《もろがへり》

うつくしき洞《うつほ》さがしに冬の旅

冬館壮麗にしてがらんどう

上等の肉の色して枯葉かな

死者たちの投票用紙落葉焚

わがからだ脱ぎ狐火になるところ

狐火に大中小やわれは中

軀《み》の裡に精霊《すだま》馴らして冬籠

人類滅亡預言待ちつつ冬籠

新首相咳《しはぶ》くたびに♯《シャープ》して

人波にひとり逆ふ水つぱな

手荷物をお引きください開戰日
湯に浸る柚子の機雷を避けながら
赤蕪や文王の子も斯く煮られ

かまど猫かまどの掟云云す

あぶら湧くまほらまや鱶《わに》むらがれる

鮫の皮剝がす全身タイツのごと

撞木鮫撞木の幅に竝べらる

銀行地下金庫人食鮫眠る

アフガンの起伏に富める蒲團かな

石段のはては祭壇冬銀河

首振って白鳥闇を受容れぬ

あをあをと摩天楼あり冰面鏡

氷面鏡底ひは地獄かもしれず

壁に叩き割つて假面や寒に入る

金泥の大き寒雲壓しきぬ

寒月や死骸縮めば爪伸びて

寒林を出づ樹にされてしまふ前

寒卵割らねば〈我〉が割れてしまふ

撃たれ吊されれ剥かれ剖《ひら》かれ兎われ

後奏

飽食終日

春の日の箸もて挾むハムの片《ひら》

梅雨晴や陵ふかく醤壺

あなすの緑の塊《くわい》を供へけり

羽衣となりし昆布や颯《さ》と拾ふ

くわくこうや富士に仕立ててシフォンケーキ

惑星の夏カスピ海ヨーグルト
何らかの舌の定食ビルマ夏
したたれり汗と涎と肉汁と

桃剝くや凌遅刑より手際よく

鷲摑みに林檎や手首捻れば捥げ

片手に碎き林檎やゴリラ啜り飲む

澤庵漬金《こん》色《じき》なしぬ芯までも

蜜柑積み金字塔《ピラミッド》なす巓《てん》から食ぶ

湯豆腐やひとりのときは肉いれて

カップ熱燗両手持ちなり歩きつつ

焦げ目よきポテトチップス大晦日

配膳ワゴン全段雑煮隔離病棟へ

豊葦原千五百秋瑞穂國

初鶏を刎ぬNIPPONの夜明け前

地球儀の日本赤し多喜二の忌

日本國《ジパング》に蝦夷描かれざる花西瓜

地圖に地圖足し大き地圖秋津島

日本語直に亡ぶ林檎に芯残り

日の本の中心や色變へぬ松

現在から、未來は生まれ落ちる。（ヴォルテール）

未來圖の更なる未來あたたかし

ヨーグルトに蠅溺死する未來都市

泳ぐなり水没都市の青空を
タイムマシン着くどこまでも夏の海

跋

句集『人類の午後』は、單著の詩歌集では四册目に當たる。日本語で作った俳句のうち、破調はあるものの、定型律の句だけを收めた。有季句が大半であるが、これは季題で詠んでゐるといふ意味であり、季語が分解されたり不在であつたりする句もある。季語を入れてゐるが、季題以外の題が詠まれてゐて、超季若しくは無季である雜の句も多少ある。

句集全體は、古の時より永久に變はらぬ人間の樣々な性《さが》及び現代を生きる人間の懊惱と安全保障といふ不易流行が軸になつてゐる。一介の人間として、人間及び人類の實《じつ》を追ひ求め、描くことへの愚かな執念である。この執念ゆゑ、觀念、理屈、想望、露惡、不快といつた要素は排除せず、また、作者の生まれてゐない時代の人間による行爲も現代における賞味期限の少ない事物も詠んだ。芭蕉及び支考の虛實論が志したところとは大きく異なるが、實に居ても虛に居ても實をおこなふ一つの在り方だと思つてゐて、一部の句が魔術的現實主義、超現實主義、新現實主義、超寫實主義等に振れてゐるのは、その證左である。

時間も空間も越えて、人類の關はる一切の事象は、實として、今此處にゐる個の人間に接續する。幾つかの句に出てくる〈われ〉は、作者自身ではなく、過去から未來まで存在する人類の現代における一つの人格に過ぎない。境涯や私性は、本集が目指すところではない。但し、作者である私の人格、思考、價値觀が句に投影されるのは避けられない。例へば、堀田家の殆どが廣島の原爆に殺されてゐる事や私自身が幼少時から長い間を國際的な環境で過ごした事は、人間觀に少なくない影響を及ぼしてゐる。一族及び關係者からは、從軍、戰鬪、引揚、原爆、後遺症等の生々しい記憶を傳承された。多國籍の友人たちと國內外で學び暮す過程では、東西冷戰、アパルトヘイト、アラブ・ユダヤ對立、中臺關係、ユーゴスラビア紛爭、香港返還、アメリカ同時多發テロ事件、さらに、多くの兇惡な人種・宗敎・性差別等の現實とは無緣でゐられるはずもなく、様々な形で關はることになつた。

されど、私個人のかういふ生れ育ちは、句に影響こそすれ、句を何ら特殊なものにしてゐるとは思はない。島國であるせゐか、戰後の平和惚けによつて、危ない外國は外國、安全な日本は日本と考へる人は少なくないし、さらに、その中には、日本の自然を無條件に禮讚する人々もゐる。前者について言へば、日本は世界の僅かな一部であるし、日本の抱へる諸問題は世界と切り離せない。現代の日本で生きる事は、政治や經濟、樣々な紛爭や文化を含めた、過去から現在に至る世界における人類の營みの後始末をさせられてゐる事に等しいし、世界全體の未來を左右し得る事でもある。そもそも、現代の日本でも地下鐵サリン事件のやうな無差別テロ事件は起きるし、人種・宗敎・性等の差別は歷然としてゐる。後者について言へば、東日本大震災といふ巨大な天災及び人災を思ひ起こして欲しい。自然はいつでも牙を剝くし、人間はいつまでも愚かである。

本集は、前奏、Ⅰ、Ⅱ、Ⅲ、後奏という五章構成になつてゐる。前奏と後奏は、有季句はあるものの、性質的に雜の部に近く、前奏では、現代の日本人が非日常且つ無縁だと錯覺してゐる事象を、後奏では、日常且つその平凡な延長線だと認識されてゐる事象を、それぞれ短く提示した。Ⅰ、Ⅱ、Ⅲは、雜の句はあるものの、性質的に季の部に近く、Ⅰは雪月花、Ⅱは各種季題、Ⅲは四季を要にして編んだ。挽歌や離別の句は、特に分けず、五章に散らばつてゐる。なほ、句の配列は作句時期と無關係である。

栞文の勞を執つて下さつた宇多喜代子、高野ムツオ、恩田侑布子の三氏、邑書林の島田牙城及び黄土眠兎の兩氏、裝釘の寺井恵司氏、「吟遊」及び「澤」の連衆一同、「樂園」の仲間、多數の友人、無數の魂に深甚の謝意を申し上げる。

辛丑年如月

臥遊居にて

堀田季何

堀田季何　ほった　きか

「吟遊」「澤」各同人を經て、「樂園」主宰。
現代俳句協會理事。国際俳句協會理事。
俳句により、芝不器男俳句新人賞齋藤愼爾奬勵賞、
短歌により、日本歌人クラブ東京ブロック優良歌集賞、石川啄木賞など受賞。
また、本詩歌集『人類の午後』にて、
第七十二回藝術選奬文部科學大臣新人賞および、第七十七回現代俳句協會賞を受賞。
句集『亞剌比亞』、『星貌』、歌集『惑亂』他、著書多数。
多言語多形式で創作。

本欄は三刷發行に際し、改訂を施した。

書名　人類の午後　じんるいのごご

著者　堀田季何©　Kika Hotta

初刷發行日　二〇二一年八月六日
三刷發行日　二〇二三年三月十一日

發行人　島田牙城
發行所　邑書林　ゆうしょりん

住所　兵庫縣尼崎市武庫之荘一丁目十三の二十
郵便番號　六六一の〇〇三五
電話番號　〇六の六四二三の七八一九
メールアドレス　younohon@fancy.ocn.ne.jp

装釘　寺井恵司

印刷　モリモト印刷株式會社

用紙　株式會社三村洋紙店

頒價　二二〇〇圓（本體二〇〇〇圓）

Printed in Japan
ISBN978-4-89709-906-4